VENTE

Du Mercredi 8 Décembre 1909

HOTEL DROUOT, SALLE N° 3

à deux heures

EXPOSITION PUBLIQUE

Le Mardi 7 Décembre 1909

DE 1 H. 1/2 A 6 HEURES

Tableaux Modernes

AQUARELLES, PASTELS, DESSINS

Mᵉ ANDRÉ DESVOUGES

COMMISSAIRE-PRISEUR

Successeur de M. Maurice DELESTRE

26, rue de la Grange-Batelière

M. LUCIEN MOLINE

EXPERT

18, rue Laffitte

CATALOGUE

DES

TABLEAUX MODERNES

PAR

APPIAN, BERNE-BELLECOUR, J. BÉRAUD, EUGÈNE CARRIÈRE
COURBET, COROT, DUVIEUX
HERVIER, HEILBUTH, HOWLAND, LAMBINET, MONTICELLI, J. NOËL
RICHET, F. ROYBET, P. VOGLER, ZIEM, ETC.

AQUARELLES, PASTELS

DESSINS, DESSINS REHAUSSÉS

Par

BOUGUEREAU, CHAPLIN, FALGUIÈRE, HELLEU, HERVIER
MADELEINE LEMAIRE, ETC.

Dont la Vente aux ENCHÈRES PUBLIQUES aura lieu, à Paris

HOTEL DROUOT, Salle N° 3

LE MERCREDI 8 DÉCEMBRE 1909

A DEUX HEURES

Me ANDRÉ DESVOUGES *Successeur de M. Maurice DELESTRE* COMMISSAIRE-PRISEUR 26, rue de la Grange-Batelière	**M. LUCIEN MOLINE** EXPERT 18, rue Laffitte PARIS

EXPOSITION PUBLIQUE

Le Mardi 7 Décembre 1909, de 1 heure 1/2 à 6 heures

CONDITIONS DE LA VENTE

La vente sera faite au comptant.

Les adjudicataires paieront *dix pour cent* en sus des enchères.

L'Exposition mettant le public à même de se rendre compte de l'état et de la nature des objets, aucune réclamation ne sera admise une fois l'adjudication prononcée.

Paris. — Imprimerie de l'Art, Ch. Berger, 41, rue de la Victoire.

DÉSIGNATION

TABLEAUX

AUBERTI

1 — *Coupe de foin avant l'orage.*

Haut., 35 cent.; larg., 55 cent.

APPIAN

2 — *En cale sèche.*

Haut., 27 cent.; larg., 35 cent.

BERNE-BELLECOUR

3 — *Dragon.*

Haut., 22 cent.; larg., 14 cent.

BERTRAND (J.)

4 — *L'Orpheline.*

Haut., 56 cent.; larg., 43 cent.

BÉRAUD (Jean)

5 — *Les Halles.*

Haut., 33 cent.; larg., 41 cent.

BUTIN (Ulysse)

6 — *La Barque.*

Haut., 46 cent.; larg., 55 cent.

CARRIÈRE (Eugène)

7 — *Jeune Femme à sa toilette.*

Haut., 39 cent.; larg., 46 cent..

CHRÉTIEN

8 — *Nature morte.*

Haut., 33 cent.; larg., 41 cent.

COROT

9 — *Le Bêcheur.*

Haut., 40 cent.; larg., 3o cent.

COURBET

10 — *Le Torrent.*

Haut., 46 cent ; larg., 3- cent.

COURBET

11 — *La Cascade.*

Haut., 6o cent.; larg., 5o cent.

DAUBIGNY (Karl)

12 — *Bords de l'Oise.*

Haut., 35 cent.; larg., 58 cent.

DELAUNAY

13 — *Porteuse à Ischia.*

Haut., 42 cent.; larg., 28 cent.

DUBOURG

14 — *Le Jardin public.*

Haut., 31 cent.; larg., 50 cent.

DE VOS

15 — *Basse-cour.*

Haut., 25 cent.; larg., 35 cent.

DE VOS

16 — *Animaux savants.*

Haut., 25 cent.; larg., 35 cent.

DE VOS

17 — *Chien ratier.*

Haut., 16 cent.; larg., 20 cent.

DUVIEUX

18 — *Venise.*

Haut., 41 cent.; larg., 64 cent.

DUVIEUX

19 — *Venise.*

Haut., 41 cent.; larg., 64 cent.

ÉCOLE MODERNE

20 — *Paysage.*

Haut., 26 cent.; larg., 30 cent.

ÉCOLE MODERNE

21 — *Vaches à l'étable.*

Haut., 34 cent.; larg., 48 cent.

FOUACE

22 — *Melon.*

Haut., 49 cent.; larg., 65 cent.

FOUACE

23 — *Dindon* (Nature Morte).

Haut., 42 cent.; larg., 32 cent.

GUIGOU

24 — *Martigues.*

Haut., 55 cent.; larg., 86 cent.

GOUPIL (Jules)

25 — *Tête de femme.*

Haut., 46 cent.; larg., 38 cent.

GRIMELUND

26 — *Le Village.*

Haut., 38 cent.; larg., 55 cent.

GUILLOUX (Ch.)

27 — *Notre-Dame.*

Haut., 28 cent; larg, 45 cent

HERVIER

28 — *Port normand.*

Haut., 27 cent; larg., 20 cent

HEILBUTH

29 — *La Promenade du Cardinal.*

Haut., 21 cent.; larg., 30 cent.

HOWLAND

30 — *Barque fleurie.*

Haut., 60 cent.; larg., 30 cent.

HOWLAND

31 — *Femme et fleurs.*

Haut., 33 cent.; larg., 28 cent.

HOWLAND

32 — *Constantinople.*

Haut., 21 cent.; larg., 40 cent.

HOWLAND

33 — *Chevauchée céleste.*

Haut., 27 cent.; larg., 35 cent.

HYON

34 — *Convoi de blessés.*

Haut., 22 cent.; larg., 40 cent.

JEANNIN

35 — *Fleurs.*

Haut., 50 cent.; larg., 62 cent.

LACOSTE

36 — *Le Chemin du village.*

Haut., 38 cent.; larg., 55 cent.

LACOSTE

37 — *L'Incendie.*

Haut., 46 cent.; larg., 33 cent.

LACOSTE

38 — *Algérien.*

Haut., 35 cent.; larg., 27 cent.

LANDELLE (Ch.)

39 — *Espagnole.*

Haut., 60 cent.; larg., 50 cent.

LAMBINET

40 — *Vaches au bord d'un étang.*

Haut., 42 cent.; larg., 70 cent.

LANSON

41 — *Lion au repos.*

Haut., 39 cent.; larg., 50 cent.

MATHON (E.)

42 — *Port normand.*

Haut., 35 cent.; larg., 6o cent.

MONTICELLI

43 — *Le Fumeur.*

Haut., 65 cent.; larg., 55 cent.

MILLET (J.-F.)

44 — *Tête d'Enfant.*

Haut., 41 cent.; larg., 33 cent.

NOEL (J.)

45 — *Marine.*

Haut., 55 cent.; larg., 75 cent.

NOEL (J.)

46 — *Le Quai.*

Haut., 40 cent.; larg., 65 cent.

NOEL (J.)

47 — *Marine.*

Haut., 33 cent.; larg., 45 cent.

NOEL (J.)

48 — *Port breton.*

Haut., 33 cent.; larg., 46 cent.

PAPELEU

49 — *Golfe Saint-Raphaël.*

Haut., 37 cent.; larg., 60 cent.

PUIGAUDEAU

50 — *Fête de Village.*

Haut., 49 cent,; larg., 65 cent.

ROUSTAN

51 — *La Chaumière.*

Haut., 33 cent.; larg., 40 cent.

RICHET

52 — *Coucher de soleil.*

Haut., 44 cent.; larg , 65 cent.

RICHET

53 — *Femme au repos.*

Haut., 41 cent.; larg., 31 cent.

ROYBET (F.)

54 — *La Sorcière.*

Haut., 1 m. 28 cent.; larg., 98 cent.

SAURFELD

55 — *La Place du Vieux-Marché.*

Haut., 3o cent.; larg., 20 cent.

TOUDOUZE

56 — *Golfe de Gênes.*

Haut., 31 cent.; larg., 45 cent.

TROUILLEBERT

57 — *Ève.*

(Vente Coudray.)

Haut., 56 cent.; larg., 36 cent.

VAN GOGH (Attribué à)

58 — *Lys et fleurs après la pluie.*

(Collection Mürer.)

Haut., 32 cent.; larg., 57 cent

VALLIN

59 — *Après l'orage.*

Haut., 33 cent.; larg., 40 cent.

VAURY

60 — *Femme au jardin.*

Haut., 32 cent.; larg., 46 cent.

VERNON

61 — *Jeune Fille au bois.*

Haut., 21 cent.; larg., 27 cent.

VOGLER

62 — *Paysage.*

Haut., 60 cent ; larg., 73 cent.

VOGLER

63 — *Effet de neige.*

Haut., 49 cent ; larg., 65 cent.

VOGLER

64 — *Les Meules.*

Haut., 54 cent.; larg., 73 cent.

YON (E.)

65 — *Paysage.*

Haut., 42 cent.; larg., 60 cent.

ZIEM

66 — *La Voile bleue.*

AQUARELLES, PASTELS

DESSINS, ETC., ETC.

BOUGUEREAU

67 — *Études.*

Dessin.

Haut., 42 cent.; larg., 59 cent.

BOUGUEREAU

68 — *Le Modèle* (Étude).

Haut., 81 cent.; larg., 65 cent.

BOUGUEREAU

69 — *Études.*

Dessins.

Haut., 56 cent.; larg., 42 cent.

CHAPLIN

70 — *Pudeur.*

Dessin rehaussé.

Haut., 38 cent.; larg., 30 cent.

ÉCOLE FRANÇAISE

71 — *Jeune Fille.*

Pastel.

Haut., 35 cent. larg., 27 cent.

FALGUIÈRE

72 — Douze dessins.

FANTIN

73 — *Sépia.*

Haut., 42 cent.; larg., 56 cent.

GARAT

74 — *Le Pont-Neuf.*

Aquarelle.

Haut., 75 cent.; larg., 1 m. 05 cent.

HELLEU

75 — *Femme à sa toilette.*

Dessin rehaussé.

HELLEU

76 — *Étude de Femme.*

Dessin.

HERVIER

77 — *Caen.*

(Vente Giocamelli)

Aquarelle.

Haut., 22 cent.; larg., 16 cent.

LEMAIRE (Madeleine)

78 — *Violettes et fleurs de pommier.*

Haut., 60 cent.; larg., 38 cent.

LEMAIRE (Madeleine)

79 — *Capucines.*

Haut., 28 cent.; larg., 37 cent.

LEMAIRE (Madeleine)

80 — *Roses.*

Aquarelle.

Haut., 27 cent.; larg., 35 cent.

SOMM (H.)

81 — *Promenoir.*

Aquarelle.

Haut., 65 cent.; larg., 50 cent.

82 — Deux gravures.

83 — Objets non catalogués.

RED.:

20

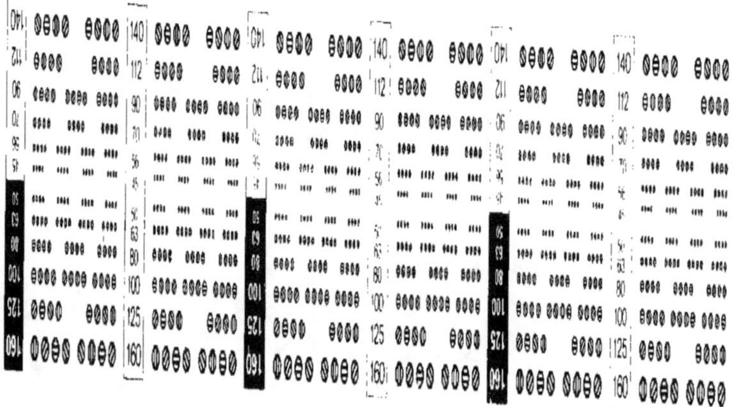

MIRE ISO N° 1
NF Z 43-007
AFNOR
Cedex 7 - 92080 PARIS-LA-DÉFENSE
379.89.70
graphicom

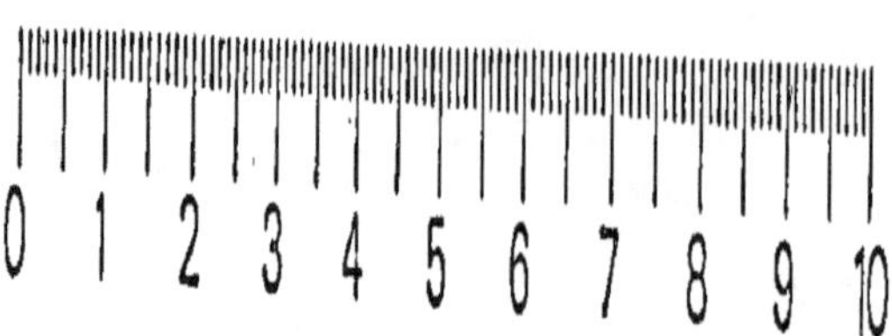

0 1 2 3 4 5 6 7 8 9 10